Balthazar et l'anniversaire

*Tu peux oublier ta peine
en faisant quelque chose pour
quelqu'un d'autre.*

E. K.

Éditrice : Claire Cagnat
Conception graphique : Raphaël Hadid - Mise en pages : Philip Garcia

Loi n°49 956 du 16 juillet 1949 sur les publications destinées à la jeunesse.
Dépôt légal : 98105 0 / 01 - juin 2014.
Imprimé en France par Clerc s.a.s. – 18200 Saint Amand Montrond

Emma Kelly
Marie-Hélène Place

Balthazar et l'anniversaire

Illustré par
Caroline Fontaine-Riquier

Hatier jeunesse

Dans la cour de récréation, Marie-Rose distribue des invitations pour son anniversaire samedi prochain.

Sa fête sera spectaculaire : il y aura un magicien,
des ballons, un énorme gâteau
et des jeux où l'on pourra gagner des prix.
Les invités lui apporteront tous un cadeau,
et en fin de journée, ils repartiront avec une pochette
remplie de surprises.

Balthazar adorerait aller à l'anniversaire de Marie-Rose.

Il la suit des yeux et espère de tout son cœur être invité.

Mais bientôt tous les petits cartons colorés
sont distribués et Balthazar reste les mains vides.

À la cantine, il s'assied à côté de Marie-Rose.
- Tu sais, dit-il, je ne vais pas à la piscine, samedi.
- Ah ? dit Marie-Rose.
- Tous les samedis, je vais à la piscine, explique Balthazar,
mais samedi prochain, elle sera fermée.
- Ah ! répète Marie-Rose, en continuant à manger.

Tout à coup, Balthazar n'a plus très faim.
Toute la journée, il se sent un peu seul et reste silencieux.

Après l'école, Balthazar rentre vite
à la maison, il a besoin de retrouver Pépin.
Il lui parle de la fête d'anniversaire de Marie-Rose.

- Je n'ai jamais eu d'anniversaire, dit Pépin,
à quoi ça sert un anniversaire ?
- Un anniversaire, dit Balthazar en réfléchissant bien fort,
ça sert à se souvenir du jour où on est né
et de chaque année passée depuis.
Mais tu dois bien avoir un anniversaire, Pépin !
Tout le monde en a un !

Sur le grand calendrier de la cuisine, ils vont voir s'ils trouvent le jour de l'anniversaire de Pépin. Il y a bien une étiquette pour le jour de la fête des Mères, une pour mardi gras, une pour le mercredi où il faut aller chez le dentiste... mais aucune pour l'anniversaire de Pépin.

Balthazar fait un dessin d'un gros gâteau avec des bougies, comme un soleil.
- Ça sera demain, dit-il en aidant Pépin à l'accrocher sur le calendrier. On va te faire une belle grande fête !

Et ils partent inviter leurs amis.

ÉTÉ
dent

Ils vont voir leurs voisins, Nancy, Horace et Charlie.
Ils les invitent pour le lendemain, à la grande fête d'anniversaire de Pépin.

Nancy et ses frères ne se rappellent pas du jour où Pépin est né… mais ils se rappellent très bien de la nuit où il s'était perdu dans le potager. Tout le monde l'avait cherché avec des lampes de poche, et on l'avait retrouvé tard dans la nuit, caché sous un plant de rhubarbe.

Ils sont très contents d'être invités à la fête et proposent même de présenter leur numéro de cirque.

Chez tante Amélie et les jumeaux Pippa et Martin, on vide le grenier. Les cousins de Balthazar ne se rappellent pas non plus quand Pépin est né, mais ils ont retrouvé le tout premier portrait que Balthazar avait fait de lui.

Pépin le regarde attentivement :
- Est-ce que je ressemblais vraiment à ça ? demande-t-il un peu inquiet.
- Oh oui, tu étais exactement comme ça, dit Balthazar. Bien sûr, tu étais encore tout petit…

Pippa et Martin leur donnent un grand carton rempli de trésors pour décorer et animer la fête et promettent d'être là le lendemain.

Cassandre, la petite voisine d'en face, cueille des abricots.
Elle ne se souvient pas du tout du jour où Pépin est né,
mais elle rit beaucoup en se souvenant
du jour où il est tombé dans la mare aux poissons
et où on l'a suspendu avec des pinces à linge
pour le faire sécher.

Elle est ravie d'être invitée à la fête et offre à
Balthazar et Pépin un plein panier d'abricots.

Le lendemain, Balthazar et Pépin se lèvent tôt pour organiser la fête. Ils préparent des roulés de dattes à la noix de coco, un gâteau au yaourt bien décoré, une salade de fruits, une grande citronnade et des sachets surprise pour chacun.

- Nous pourrions jouer aux chaises musicales, dit Balthazar, je gagne toujours aux chaises musicales.

- Ah oui ? et si les autres n'aiment pas perdre ? dit Pépin.

- Alors, dit Balthazar tout en réfléchissant, lorsque la musique s'arrête, ceux qui n'ont pas de chaise peuvent s'asseoir sur les genoux de quelqu'un. À la fin, on sera tous sur la même chaise et personne ne perdra.

Balthazar et Pépin accrochent la piñata, l'oiseau de papier rempli de friandises, à une branche, lorsque Grand-mère arrive avec sa boîte à couture.

- J'ai une histoire à te raconter, Balthazar,
dit Grand-mère en s'installant sur le banc. Voilà, lorsque
tu étais encore bébé, j'ai eu envie de te fabriquer
un petit compagnon, vraiment pour toi.

Grand-mère plonge la main
dans sa boîte à couture et en sort une pelote.
- Tu sais, il y a très longtemps, avec cette laine, j'ai fait
un gilet pour ton papa, lorsqu'il était tout bébé.

Elle fouille à nouveau dans sa boîte à trésors.
- Voici un morceau de la robe que je portais
lorsque j'ai rencontré ton grand-père.
Et ici, ce sont les tout petits boutons
de la première robe de fête de ta tante Amélie.
Et voilà un bout de ton pyjama de bébé, Balthazar.

Et tandis que Balthazar retrouve
chaque morceau de tissu, laine, bouton de la famille,
Grand-mère raconte encore :

- Donc, lorsque tu étais encore tout bébé,
je me suis assise dans mon fauteuil à bascule,
j'ai fait chanter mes ciseaux, danser l'aiguille, cliqueter
le tricot jusqu'à ce que la laine devienne bras, jambes,
tête, que la robe devienne corps, les boutons, yeux
et le pyjama, bonnet. C'est ce jour-là que Pépin est né,
le jour le plus long et le plus doux de l'année,
le jour du solstice d'été, le même jour qu'aujourd'hui...
C'était il y a cinq ans.

- Alors, c'est bien aujourd'hui
le jour de ton anniversaire, Pépin ! dit Balthazar.
Joyeux anniversaire !

5
Boutons de la robe d'Amélie
Boutons pour les yeux
Laine pour : tête : point de jersey.
oreilles bras pattes : point mousse.
corps de Pépin. (attention au droit fil).
pyjama de Balthazar = bonnet

Bientôt, les invités arrive

hacun a apporté à Pépin un cadeau plein d'attention.

La fête de Pépin est encore mieux que tout
ce qu'il avait imaginé.
Il y a de la musique, des acrobates fantastiques,
des jeux sans perdants…

... et la piñata !

Pépin doit trouver les yeux bandés la ficelle
qui pend de la piñata.

- Tu chauffes, crient les enfants
alors qu'il se rapproche de l'oiseau de papier.

- Tiède... chaud... tu brûles !

Pépin attrape la ficelle et la tire de toutes ses forces :
il grêle des confettis, des friandises et des surprises.

Puis, Pépin tourne cinq fois
autour de son gâteau illuminé par les bougies,
comme la Terre a tourné cinq fois
autour du Soleil depuis sa naissance.

Tout le monde chante :

Bon anniversaire, nos voeux les plus sincères,
Que ces quelques fleurs vous apportent le bonheur.
Que l'année entière vous soit douce et légère,
Et que l'an fini, nous soyons tous réunis,
Pour chanter en choeur, BON ANNIVERSAIRE !

- Quelle fête merveilleuse !
murmure Balthazar en disant au revoir.
Maintenant, Pépin, tu sais que tu as vraiment
un anniversaire, et on pourra le fêter chaque année.
N'est-ce pas Pépin ?
Pépin ?

Mais où est Pépin ?

Pépin est déjà profondément endormi…